Sébastien Freulon

Expédition Matécho

Guyane, 2022

FSC
www.fsc.org
MIXTE
Papier issu
de sources
responsables
Paper from
responsible sources
FSC® C105338

Édition : BoD – Books on Demand, info@bod.fr
Impression : BoD – Books on Demand, In de Tarpen 42, Norderstedt
(Allemagne)

Impression à la demande
ISBN : 978-2-3225-1821-0

Dépôt légal : Décembre 2023

PRÉFACE

-

Quinze ans déjà ! Quinze ans que je rêvais de monter une nouvelle expédition pour le Matécho. En fait, je pense prendre autant de plaisir à l'organisation, aux préparatifs, au recrutement des équipiers... qu'à la réalisation des aventures elles-mêmes.

Enfin, nous y sommes ! Le projet est couché sur le papier. Pour mon plus grand kif, je vais pouvoir plonger des personnalités que tout oppose dans un huis-clos d'un mois en pleine jungle. Peu importe leurs conditions physiques, peu importe leurs forces mentales, peu importe leurs connaissances du milieu, ils accompliront ensemble ce que la plupart juge impossible. Loin de tout, en autonomie totale, hors chemin pendant des semaines, ils traverseront des contrées vierges de toute trace humaine.

Merci à mon ami Seb d'avoir si joliment et si simplement conté cette aventure. Ainsi relatée, elle devient accessible au plus grand nombre. Merci à notre petite troupe d'avoir prouvé que l'Aventure existe encore et qu'elle est accessible à tous... mais pas à n'importe qui ! Car seuls ceux qui peuvent s'émanciper de l'emprise de leurs peurs osent faire le premier pas vers elle. Ce premier pas qui coûte tant, mais qui permet tous les autres.

Puisse donc ce récit donner l'envie du premier pas vers d'autres possibles. Bonne immersion dans la jungle guyanaise.

Thomas Brousselle

Ziiip. Dernier coup de fermeture éclair. Le sac est enfin bouclé. Ce n'est pas faute d'avoir anticipé le contenu, mais le rangement du futur brise-épaules s'est avéré un peu plus coriace que prévu. Tetris, niveau 72. Mais l'essentiel est atteint : à la veille du départ, l'ensemble tient dans la maison dorsale. Ensachés et parfois doublement enveloppés, le matériel et les denrées alimentaires sont minutieusement checkés. La liste concoctée par Tom est imparable, au grammage près, avec tout de même quelques suppressions et ajouts personnels. Le confort d'un inventaire clair et précis est plutôt agréable pour un puceau de l'expédition en forêt.

Ultime passage sur le pèse-personne : 60 kg tout rond. C'est le poids du Robinson Crusoé de chez Wish, avant décollage, soit environ le double du sac à dos qui plafonne, lui, à 28 kg, bouteilles d'eau comprises. Le premier coup de génie s'exprime d'ailleurs assez tôt dans ce voyage, dès l'aéroport. J'oublie, à la pesée du paquetage à Orly, que mes réservoirs d'eau sont remplis… + 3 kg et un ticket de 50 € supplémentaires à payer pour surpoids ! Je planifie un test QI au retour.

Dans la file d'attente des enregistrements des bagages, je retrouve mes quatre coéquipiers du vol vers Cayenne : Lucas, Noé, Nicolas et Kamil. Les trois premiers étaient du week-end découverte dans le Lot, organisé 4 mois plus tôt par Tom. Mais je ne vais pas les côtoyer bien longtemps, ils stationneront en autonomie près de Saül, sans nous accompagner vers le lac Matécho.

Le lac Matécho. Objectif symbolique de cette parenthèse guyanaise. Situé à proximité du pic éponyme, il n'apparaît pas clairement sur les cartes. Il existe, puisque visité à minima par Tom en 2008, en compagnie de deux de ses acolytes. Les cartographies fournies il y'a déjà plusieurs semaines ne me sont d'aucune utilité pour juger de la faisabilité du projet, tant les ratios distance/temps défient les certitudes classiques. *We will see*, frérot. Je suppose que Tom va tout faire pour que le groupe y parvienne et que le collectif lui-même s'auto-transcende pour y arriver. Ça, c'est sur le papier.

Après un vol de 9h rythmé par les braillements de bambins complètement zinzins, l'arrivée à Cayenne est presque salvatrice. Première impression de chaleur humide, comme annoncée, dans les tunnels de circulation vers l'aéroport. J'y retrouve Audrey et Erwan, arrivés un jour plus tôt, et dont la journée était dédiée à la découverte du village de Cacao, à une heure de voiture. Un colibri virevolte entre les palmiers d'ornement situés à l'avant du bâtiment aéroportuaire. L'équipe des quatre ne décollant pour Saül que 48 heures plus tard, ils nous abandonnent ici, direction Cayenne qui est à une bonne quinzaine de kilomètres du tarmac Félix Éboué. Pour nous trois, le programme est simple : passer la nuit à l'aéroport pour s'assurer d'être sur place le lendemain matin, et le vol direction Saül.

Saül est la porte d'entrée du périple, c'est un village de 70 habitants géographiquement localisé en plein centre de la Guyane. Une sorte d'équivalent à Vesdun en métropole, à une exception près : l'avion reste le seul moyen de rejoindre le village guyanais.

Bon OK, y'a aussi un sentier de 10 jours de marche, mais ça plomberait le planning.

Audrey reçoit un appel de Christian, un auto-stoppeur récupéré sur la route du retour de Cacao. N'habitant pas très loin, et sachant notre projet nocturne assez primaire, il se propose très sympathiquement de nous héberger pour la nuit puis de nous redéposer, à l'aube, à l'aéroport. Top. On accepte et son véhicule apparaît rapidement sur le parking. Christian, la soixantaine, habite sa maison depuis un peu plus d'un an et demi. Il connaît Saül, et a notamment déjà parcouru le tronçon entre le village et Saut Maïs, notre dernière étape avant le hors-piste. Il a entendu parler du pic Matécho, mais d'après ce qu'on lui en a rapporté, le « sommet » n'est pas très intéressant, ni pour la vue, ni pour quoique ce soit. Galvanisant. On se claque un petit apéro rhum & vins. Première sensation assez nouvelle : les bruits nocturnes sont clairement inédits. Probablement des grillons, couplés peut-être à quelques amphibiens, mais je suis bien incapable d'en savoir plus. Il fait plutôt lourd, tout en restant supportable. Le ventilateur n'est tout de même pas de trop dans la chambre. Réveil matinal pour se diriger vers l'aéroport.

Ambiance calme à l'aéroport, il est très tôt. Nous sommes largement en avance, et rien n'est ouvert. Nous en profitons pour passer un ou deux derniers coups de fil, probablement la dernière zone de réseau. Après un enregistrement des bagages avec les autres passagers de Saül, nous sommes prêts à embarquer. Nous croisons Maya, mi-infirmière mi-restauratrice, au village de notre destination. Elle pense que nous sommes réellement une expédition scientifique. Or, et encore plus avec l'absence de Vincent, le groupe est principalement composé de personnes incapables de différencier un *Tangara des palmiers* d'un *Manakin à gorge blanche*. Moi le premier.

Au moment de monter à bord, Audrey apprend que sur ses deux sacs enregistrés, celui comprenant ses affaires personnelles n'arrivera pas en même temps que son corps. Faute de poids, il fera partie du voyage du lendemain. L'autre sac, à vocation collective, est bien dans l'avion. Ce risque de timing décalé avait été pronostiqué, un départ dans la jungle attendra le lendemain pour Audrey.

Le trajet dans le petit coucou de 17 places est agréable et sans encombre. La forêt s'affiche à perte de vue. 90% de la Guyane est tapissée de végétation. C'est impressionnant de grandeur et l'on devine assez vite que dans cette immensité homogène, se cache une richesse hétérogène. La canopée apparaît d'une belle diversité tout en proposant une vision routinière pendant l'heure de trajet. Du dénivelé vient casser légèrement les contrastes. L'avion fait une escale à Maripasoula, petit village à l'extrême ouest de la Guyane. L'occasion d'apercevoir brièvement le Suriname, frontalier.

A Saül, l'atterrissage sur la piste en terre offre une pleine vue sur la cabane faisant office de bâtiment d'accueil des voyageurs. En sortie d'avion, grosse chaleur ressentie, en plein soleil. Tom, Yvan, Adrien et Manu nous rejoignent peu de temps après notre arrivée. Ils sont en sudation avancée. Les retrouvailles font plaisir. On rééquilibre les sacs puisqu'ils sont venus nous chercher quasiment à vide. Le démarrage en sera plus doux. Tom et Yvan vont rester à Saül avec Audrey pour attendre son sac et les gars, prévus le lendemain. Quant à Adrien et Manu, ils seront nos guides pour entrer directement dans la jungle, afin de retrouver deux jours plus tard le camp Forestier. Nous réalisons tout de même un bout de chemin ensemble, jusqu'à Point Chaud, endroit idéal pour chiller : bras de rivière dégagé, carbet disponible pour les hamacs, table de pique-nique, espace aéré avec soleil… bref, pas encore la forêt « hostile » qui doit nous attendre.

Sur le sentier, largement praticable puisqu'ouvert très récemment, nous croisons un premier *Xénodon vert*. Il s'avèrera que c'est plutôt une belle coïncidence, la faune n'étant pas si visible que ça lorsque l'on marche à bonne vitesse. D'ailleurs, nous sommes trois à être passés juste à côté du serpent sans y prêter attention, le quatrième ayant eu davantage d'acuité visuelle.

La première impression de ces débuts de marche : la sueur va clairement nous faire l'amour pendant tout le trajet. L'humidité est omniprésente et, malgré un soleil absent des débats, le moindre effort est récompensé par une forte montée de transpiration. D'où le lavage quotidien nécessaire du corps et des vêtements, pour sauver les apparences. Les odeurs s'annoncent bestiales. Autre sensation rapidement ressentie et qui fait écho à la nouveauté observée chez Christian : l'ambiance sonore. Les chants, cris ou autres expressions auditives sont assez étonnants. Difficile de les raccrocher à des références connues.

L'arrivée à Point Chaud permet de se reposer les épaules. Oui, elles vont manger sévère. Le sac s'annonce comme un joli calvaire en perspective. Qui plus est, il est un poil trop grand pour moi et la ceinture de soutien, même réglée à son minimum, n'a pas beaucoup d'effet. Une famille est déjà présente sur place, l'endroit étant connu et accessible en à peine deux heures de marche de Saül. Pour l'isolement, on repassera. Un morpho bleu, papillon iridescent magnifique, fait une apparition remarquée, avec ses couleurs chatoyantes. Notre team ne tarde pas trop, et nous repartons, Erwan et moi, avec Manu et Adrien, sur le layon ouvert.

Ce tronçon idéalement dégagé permet d'avancer vite. On traverse plusieurs petits bras de rivières, aux modeste profondeurs. Bonne surprise : l'eau est claire et le fond toujours visible. Là où je m'attendais à des eaux turbides brunes et opaques, ce sont de gros ruisseaux qui serpentent le long du parcours. Le sol, sous la couche d'humus et de terre, est très sableux. Le lit aquatique n'est donc pas vaseux, et c'est avec plaisir, non sans appréhension, que je savoure ma première lampée d'eau guyanaise, directement puisée à la nature. Pas besoin de purificateur quelconque, on m'assure qu'il n'y a aucun risque. Et c'est vrai ! Zéro souci gastrique pendant la durée du séjour. Sur Terre, à cette altitude-là (environ 200 mètres au-dessus de la mer), c'est très rare de pouvoir boire directement dans les rivières sans danger. Profitons-en, d'autant plus qu'il faut avaler une bonne quantité d'H2O pour compenser ce que l'on perd à transpirer.

Les rivières se laissent traverser par des arbres couchés, mettant à l'épreuve notre équilibre, le poids du sac ajoutant une contrebalance non rassurante. Pas de chute pour autant. Certains passages sont extrêmement marécageux, il est inévitable de se tremper à minima les pieds. C'est rapidement la marée haute dans les chaussures, le bain boueux commence dès le premier jour et ne s'arrêtera qu'en fin

d'expédition. C'est un des points noirs anti-confort ; les panards baignent continuellement dans un jus pris au piège des godasses de randonnée. Une soupe propice au développement des champignons et autres bactéries. Pour le moment, ce n'est évidemment pas un problème. Pour le moment.

La marche continue à bon rythme. On discute, musicalement accompagnés des cris de *Piauhau hurleur*, plus communément appelés *Paypayo*. Ce son enjoué, de par sa répétition continue, va assez vite devenir un bruit. Non pas qu'il soit désagréable, mais clairement omniprésent au quotidien. C'est cependant une signature sonore typique qui permet de rappeler qu'on ne se balade pas dans la forêt de Bercé.

Après 4h30 de marche, le premier camp est atteint. Guêpe. Un nom fictif donné par Tom sur la map initiale. Un bras de rivière traversé par un tronc d'arbre. Les bivouacs sont toujours, autant que possible, installés près des points d'eau, pour pouvoir s'y laver, boire et y puiser de l'eau pour la cuisson. L'objectif est dorénavant de monter son camp, de se nettoyer puis de lancer le feu, le tout avant la tombée de la nuit, vers 19h. Trouver l'emplacement pour son hamac est assez ludique. Il faut tester la robustesse des arbres, vérifier que des branches ne menacent pas de tomber, checker l'absence de nids de guêpes et savoir se placer assez loin des ronfleurs. Les spots sont bien souvent assez spacieux pour respecter une distance « vitale » entre nous. Le défrichage de la zone est essentiel pour ne pas se blesser en cas de chute mais également y voir plus clair quand on pose nos différentes affaires. La couche terreuse étant meuble, les arbrisseaux se laissent arracher facilement à la main. La machette n'est donc pas si indispensable dans le montage du camp, elle le sera davantage en exploration.

Une fois installés, la mission feu peut commencer. Exercice parfois délicat, tant les branches et brindilles, en quantité astronomique certes, sont humides. D'autant que l'on s'est tapé un orage sympathique en fin d'après-midi. Ce sera le lot journalier de cette première semaine, toujours à la même heure. Ponctualité pluviale. Et même s'il ne pleut qu'une demi-heure, le temps « d'égouttage » de la forêt se poursuit sur plusieurs heures. L'eau traverse les différents étages de la végétation à son gré, de lianes en feuilles et de feuilles en lianes. Pas hyper agréable.

Les allume-feux ont la vie dure mais ont toujours le dernier mot. Humidité oblige, la quantité de fumée dégagée concurrence largement les F400 de nos discothèques de campagne, Chris Club en tête. Ça titille le nez, rougit les yeux. Le repas de ce premier soir est pioché dans les restes de la cuisine dite collective : pâtes à l'eau. Pas extraordinaire, mais l'idée est simplement de se remplir le ventre après cette première journée d'effort. Efficace. Autour de nous, de nombreux petits points bleus se dévoilent sur les bords de la rivière, au fur et à mesure que l'obscurité de la nuit enveloppe notre campement. Ce sont des araignées. Véritables chasseuses nocturnes, leurs paires d'yeux reflètent nos lampes frontales et trahissent une imposante présence. Je n'ai pas de problème avec les arachnides, mais il faut bien avouer que leur densité impressionne. Y'a du céphalothorax au mètre carré.

La nuit est plutôt bonne, la chappe de plomb de l'épuisement physique fait son effet. L'occasion d'apprécier la température, qui descend assez peu et reste idéale dans le hamac. Peu avant l'aube, les premiers cris des alouates, ou singes hurleurs, se font entendre au loin, probablement à quelques kilomètres. Sur le moment, j'associe ce bruit nouveau à celui d'un vent puissant sifflant dans la végétation de la canopée. Mais Manu me confirmera le lendemain la bonne origine animale du son entendu. Il deviendra rituélique, très souvent au petit jour mais parfois également au crépuscule. D'autres sonorités vont rythmer nos nuits et accompagner l'aurore jusqu'à notre réveil : des amphibiens, évidemment, mais également quelques assourdissements qui nous deviendront familiers, notamment venus des cigales guyanaises. Ces dernières s'activent dès 6h30 pour nous proposer un concert de scie circulaire en ré mineur. De lourds décibels qui découragent les derniers dormeurs à traîner dans les hamacs. Sauf Erwan, à la matinale très hermétique.

Le premier petit déjeuner ressemble inlassablement à tous les suivants : lait déshydraté, chocolat en poudre, flocons d'avoine, parfois agrémentés de raisins secs. C'est pas ouf mais ça fait le job. On enquille un café dosette pour s'énerver le bulbe, et on déclare la journée officiellement commencée. Les matins sont assez peu violents : si Tom aurait bien prôné plus d'efficacité et d'énergie dès le réveil, le collectif s'est plutôt orienté sur un démarrage en douceur, prenant le temps de la discussion et du pliage de camp en slow-motion. L'équipe n'est vraiment prête qu'aux alentours de

9h30, alors que bien souvent réveillée 2 bonnes heures avant.

Aujourd'hui, le plan est simple : rejoindre le camp appelé Forestier, où Victor, Nicolas et Léo sont censés nous y attendre. Léo est la seule personne que je ne connais pas, il n'était pas présent lors du week-end dans le Lot. Nous ne mettons que deux petites heures pour rejoindre Forestier, le principal de la distance ayant été réalisé la veille. Nos trois larrons sont bel et bien présents, dans leur plus simple appareil. Des petits bancs en moitié de bûches entourent un feu placé sous une bâche. On devine le temps passé ici, car un peu de confort s'est installé. L'accès à la rivière est facile, et cette dernière plutôt spacieuse avec une belle visibilité. Ça donne envie de squatter le coin. Présentations de Léo, avec qui Manu et Adrien ont déjà passé quelques jours.

Les gars ont fait assez peu d'exploration ces derniers temps. Forestier est le dernier camp du layon ouvert avant que l'on pénètre dans la forêt à la machette. L'objectif est donc d'anticiper notre prochain bivouac en allant reconnaître le chemin le plus propice pour rejoindre l'Arataï, notre premier fil d'Ariane vers le pic Matécho. Cette pause obligatoire à Forestier, quelques jours d'attente de l'ensemble des participants à l'expédition, devait être l'occasion de baliser les quelques premiers kilomètres pour atteindre la rivière ciblée. Mais les rares incursions dans la forêt ne sont pas très concluantes, avec des choix cartographiques à priori pas optimaux. En s'orientant à l'aide de la map et de la boussole, Victor et Nico ont tenté de tracer un chemin, sans grande réussite. La veille, leur sillon ponctué de rubalises vient finalement buter sur une végétation et un relief qui ne permettent pas un passage aisé avec les sacs. Demi-tour et piste abandonnée.

Lorsque nous partons en exploration avec Manu et Nico, le premier objectif est donc de « dérubaliser » ce qui a déjà été fait. Retrouver leur chemin est plutôt aisé, grâce à un balisage fréquent et visible, environ tous les 10 mètres. L'aboutissement du tracé est effectivement compliqué. On redescend la crête pour repartir plein Nord. On ouvre un nouveau layon à la machette, avec réutilisation des rubalises. Plastification du décor. On s'emmanche sur un nouveau relief, pour retrouver le fond de la vallée. Terrain pas beaucoup plus praticable, honnêtement. L'orage habituel de 16h arrive au moment où l'on est le plus loin. Petite fracture du moral. Check sur l'InReach de notre position sur la carte : nous sommes encore loin de la cible… plutôt décourageant.

L'InReach, ce petit instrument qui doit nous permettre de capter le réseau satellitaire afin de se positionner par le GPS. Il sera au centre de quelques discussions houleuses tout au long du parcours. Auxiliaire autant précieux que contradictoire, il participe tout de même à une certaine garantie de notre cartographie. N'empêche, il me sortira par les yeux une bonne paire de fois. On retourne au camp en fin d'après-midi, avec la sensation de ne pas avoir fait avancer grand-chose. Nettoyage des fringues et du bonhomme, puis repas autour du feu. Le soir, on ne fait pas de vieux os, et celui-ci ne dérogera pas à la règle. Souvent claqués par la journée de marche, et bien aidés par la nuit qui tombe vite, nous nous mettons dans les hamacs vraiment tôt, genre à 20h. Avec un lever aux premières lueurs.

VÊTEMENTS
3,655 kg

Caleçon **x2** *140 g*
Paire de chaussettes **x2** *160 g*
Pantalon treillis **x2** *900 g*
T-shirt manches longues **x1** *240 g*
T-shirt manches courtes **x1** *180 g*
Short de bain **x1** *90 g*
Chaussures de randonnée **x1** *1200 g*
Sandales **x1** *320 g*
Casquette **x1** *80 g*
Pull/polaire **x1** *260 g*
Gants anti-coupure **x1** *85 g*

NUIT
2,520 kg

Hamac avec moustiquaire **x1** *1100 g*
Duvet 15°C **x1** *590 g*
Sac à viande **x1** *110 g*
Tarp **x1** *500 g*
Bâche (au sol pour affaires) **x1** *200 g*
Boules Quies **x1** *20 g*

Jour 4 de forêt. 100% détente, ce qu'on ne va pas retrouver de sitôt. Avec Léo, Manu et Audrey, on se dirige vers Saut Maïs, le deuxième plus important de Guyane. Il se trouve à l'extrémité du layon tracé par les locaux. Ce qu'on appelle « saut », ce sont des rapides formés par l'affleurement de roches. Celui de Maïs propose un vrai écrin de verdure traversé par une veine aquatique, tantôt tumultueuse, tantôt propice à la nage. Pratique de la pêche, sieste exposée aux quelques trous de soleil pourfendant la canopée, le tout dans un cadre rythmé par les fracas de l'eau… certes un peu bruyants à la longue. Perso, je m'y ennuie assez vite, ce qui n'est pas si mal. Je ne suis pas encore assez en manque de soleil pour mesurer la chance de lézarder sur le tronc enjambant la rivière. Dans 15 jours, ça aurait été idéal.

En milieu d'après-midi, on doit se bouger pour rejoindre les autres à Polissoir. C'est un camp en direction de Saül, après Forestier. Les « autres », ce sont les quatre potes qui ont passé le week-end du Lot avec nous, mais qui ont fait le choix de ne pas crapahuter et de rester squatter autour de Saül. Lucas, Nico (bis), Noé, Kamil. Avant de définitivement les quitter, l'idée est de partager un repas tous ensemble. En arrivant sur leur campement, le site s'avère vraiment chouette : plage de sable, tout petit saut, places pour des bivouacs bien dégagées… seul le risque d'inondation gâche un peu le décor. On retrouve une partie des troupes à l'assaut d'un caïman. On sent assez vite qu'il n y'a pas de Rahan dans l'équipe. Le reptile peut dormir sur ses deux écailles. On avale notre ration de pois cassés, et je rejoins Forestier avant la nuit en compagnie d'une partie de la team. Le soir, on se prend quelques shots de rhum. Il est très important de se délester par anticipation de ce que l'on va porter ces prochains jours. Les excuses sont bonnes pour monter en degrés. Discussions paranormales sont de la partie. Plutôt bien éméché, Erwan va réaliser l'exploit de se coucher entre sa moustiquaire et son hamac, avec sa frontale toujours en place. Résultat : il sera marqué d'un troisième œil pendant une bonne partie du voyage.

La nuit qui passe est particulièrement venteuse. C'est assez relatif, car on ne sent pas vraiment grand-chose au sol, mais le bruit des branchages qui cassent et les arbres qui chutent au loin nous ramène à notre vulnérabilité. C'est le danger numéro un, à mon sens. A chaque rafale, appelée *balaie-bois*, une vigilance particulière doit être observée. On regarde vers le haut pour checker si tout ou partie d'un arbre ne va pas tomber. Avec l'impression que de toute façon, si ça casse, enclencher un Madison pour faire le petit pas de côté ne sera pas vraiment suffisant. Alors autant dire que la nuit, à l'aveugle, on se serre juste les parois du fion.

Après ce *day-off*, nouvelle journée d'exploration, cette fois-ci en compagnie de Tom et Manu. Ça va arracher de la liane. Toujours le cap de l'Arataï en ligne de mire. On reprend le chemin tracé l'avant-veille, et on file plein Nord. Une zone très marécageuse est atteinte. En passant sous un tronc d'arbre, Manu et moi expérimentons nos premières mouches à feu : ça pique, comme une décharge électrique. Elles sont très territoriales et nous repèrent dans un rayon de 9-10 mètres. A l'inverse des guêpes plutôt agressives uniquement lorsque l'on chafouine directement leur nid, par un coup de machette par exemple, les mouches à feu donnent l'impression d'attaquer à vue. Dans ma fuite, je perds ma casquette « *Lake Restaurant* », donnée par un pote de la *Teste-de-Buch*. Je ne me risque pas à retourner sur les lieux pour me prendre une seconde branlée. On verra si sur le retour j'ai la chance de la récupérer… sinon, ce sera une mort originale pour le couvre-chef. Notre exploration se termine une centaine de mètres plus loin : un lieu que l'on imagine presque adéquat pour un bivouac, même si pas optimal. On est encore assez loin de l'Arataï, mais c'est peut-être top ambitieux de tout faire d'une seule traite. De l'eau est disponible non loin. On est donc potentiellement pas trop mal.

Sur le retour vers Forestier, Tom se fait prendre à son tour par les mouches à feu. La règle de trois se vérifie ! Ainsi, lors d'une marche en file indienne, le premier qui passe alerte les mouches à feu, le deuxième qui emboîte le pas les excite, et c'est le troisième qui se fait lyncher. Le quatrième lui, si pas trop idiot, recule et contourne. Sur l'aller, on allait si peu vite avec Manu que la règle a sauté, nous sommes deux à nous être faits shooter. Sur la fin du trajet, Tom montre quelques signes de fatigue, notamment des débuts de crampes. On rentre bien rincés.

Il reste à priori une journée avant de quitter, enfin, le camp Forestier et d'entamer réellement la route vers le lac Matécho. Ce sont Manu, Adri, Erwan et Yvan qui réalisent la dernière session d'exploration. Pour les autres, une journée chill bien sentie pour réparer les pieds qui commencent à passer en mode lépreux. Les chaussettes, chaussures, continuellement humides, provoquent de jolies mycoses aux pieds. Je suis le premier touché. C'est assez douloureux en début de marche, dans les montées, quand il faut prendre ses appuis. On badigeonne de Bétadine le soir, quand les panards sont à peu près secs. La poudre du randonneur permet également d'assécher la peau. Une fois les pieds touchés, y'a pas grand-chose à faire jusqu'à la fin de l'expédition. Nous y goûterons tous, les uns après les autres, certains plus intensément que d'autres. Ce day-off est donc le bienvenu. Je prends le temps d'observer, sur le chablis voisin, les quelques oiseaux observables grâce à l'ouverture disponible vers le ciel. *Jacamar à longue queue*, identification Made in Audrey, et deux trois autres volatiles que je peine à lui décrire, et qui peine donc à me répondre.

Si pendant la marche, la nature nous semble relativement éteinte, à cause notamment du bruit réalisé en groupe et de notre faible capacité d'observation en randonnée rapide, dès que l'on se pose une vingtaine de minutes dans un endroit précis, c'est tout un monde qui s'ouvre à nous. Des bruits et des mouvements sont rapidement perceptibles, et c'est un exercice que l'on souhaite alors répéter. Mais avec le rythme quotidien impulsé, ça va être compliqué.

Le chablis a également un autre intérêt : il sert de lieu parfaitement ensoleillé pour recharger les panneaux solaires et autres batteries. Les deux InReach et les lampes frontales sont les essentiels. Les piles rechargeables permettent également d'alimenter quelques appareils photos et autres GPS plus classiques. En réalité, nous n'aurons pas tant l'occasion d'utiliser les panneaux solaires, ceux-ci nécessitant un arrêt prolongé à un endroit découvert, avec une surveillance plutôt rapprochée d'un potentiel événement pluvieux.

Le retour des explorateurs n'apporte pas d'excellentes nouvelles : ils ont avancé sans réellement avoir déniché de campement idéal. Il va donc falloir se refaire une session le lendemain... C'est un peu pesant, et les discussions autour de la « stratégie » commencent à devenir un peu plus tendues. S'ajoutent à cela quelques relations conflictuelles entre

Léo et Nicolas, et vous obtenez une envie collective de quitter Forestier. De toute manière, c'est décidé, peu importe l'exploration du lendemain, l'équipe décollera lundi, soit le surlendemain. Avec sacs à dos et bivouacs itinérants.

Je me colle à cette dernière exploration, avec Tom, Adri et Audrey. Victor, également de la partie, opère finalement un demi-tour après quelques mètres, il ne se sent pas d'attaque pour cette marche. On se retape évidemment le chemin déjà emprunté. On laisse notre dernier checkpoint et on file sur le flat, peu praticable. On aboutit à une pinotière. C'est une zone marécageuse à palmiers pinots. Plutôt ouvert avec un accès facilité à l'eau. Pourquoi pas pour un bivouac intermédiaire ! On décide de marquer le point à l'InReach, et de filer sur les hauteurs, la suite du fond de vallée n'appelant vraiment pas à continuer le chemin.

On emprunte les abords d'une petite cascade. C'est plutôt pentu. Avec les sacs, ce sera certainement coton. Le sommet se dérobe mètre après mètre, à la fois si près et si loin. On atteint tout de même le point le plus haut, avec une ouverture et des arbres amicaux pour y dresser nos hamacs. La seule solution est de franchir ce relief et de retomber derrière, probablement, sur la très convoitée Arataï. Banco, ce sera le plan.

Le retour à Forestier connaît quelques tensions. La fatigue et l'impression de ne pas progresser représentent les principales raisons. La sédentarisation du collectif aussi. Pour certaines personnes, Victor, Nico et Léo en tête, ce sont plusieurs jours de suite au même campement. Il est alors évident que les profils ne soient pas toujours compatibles, avec des niveaux de tolérance et des degrés d'investissement différents au sein du groupe. Si nous nous sommes déjà vus à minima une fois dans le Lot, ce n'est pas suffisant pour appréhender les caractères de chacun, qui plus est dans un environnement de forêt équatoriale. Quitter le camp va donc permettre une autre dynamique.

MARCHE
8,790 kg

Boussole	**x1**	*70 g*
Sac à dos	**x1**	*2900 g*
Sac ventral	**x1**	*300 g*
Bouteille résistante 1,5L eau	**x2**	*3090 g*
Rubalise 10m	**x1**	*50 g*
Carte plastifiée Matécho	**x1**	*50 g*
Lampe frontale	**x1**	*300 g*
Cordelette (10m x Ø 3mm)	**x1**	*200 g*
Fil (3m x Ø 1mm)	**x10**	*200 g*
Mousquetons d'escalade	**x2**	*90 g*
Couverture de survie	**x1**	*170 g*
Sifflet	**x1**	*30 g*
Jumelles	**x1**	*750 g*
Machette	**x1**	*590 g*

J8 Guyane, ou J1 du début réel de l'expédition. Toute la troupe range son campement, à vitesses variables. Certains s'affairent à organiser intelligemment leur sac, pendant que d'autres posent des pièges à mouches en s'enfonçant dans la forêt. Enfin, quelques retardataires traînent au petit-déjeuner. C'est sur ce temps de partage que l'on comprend assez vite que Léo ne viendra pas. A la fois de son propre chef sur sa capacité physique à suivre le rythme qui va dorénavant être plus soutenu, mais aussi au caractère moins « scientifique » que prend la tournure de l'expédition. A rajouter au tableau : des accroches conflictuelles régulières avec Nicolas, et de moindre mesure avec Tom pour de sombres histoires de partage de rations. Léo semble assez clivant dans la perception qu'en a le groupe : tantôt sympathique, tantôt relou, avec une vraie propension à prendre beaucoup de place dans les échanges. Pas sûr que dans les moments plus compliqués, ce soit un vrai atout collectif. Mais ça, c'est mon avis. Quoiqu'il en soit, nous partons de Forestier sans lui : il retourne voir le quatuor à Polissoir, leur campement.

C'est un vrai test : réaliser le chemin de la veille, mais cette fois-ci avec le chargement. Le seul avantage, c'est que la cartographie en temps réel n'est pas nécessaire et que les coups de machette ne vont pas être de la partie : le balisage nous fait avancer relativement vite. Ainsi, on se retrouve à la pinotière dès la mi-journée. L'occasion de se restaurer, barres de céréales et fruits secs, pour se redonner de l'énergie. Les jambes sont déjà lourdes, les pieds abîmés par les mycoses. Est décidé un tour de table pour prendre le pouls du collectif.

Les tours de tables sont quasiment quotidiens. Ils ont vocation à partager ensemble, en début ou fin de journée, les ressentis de chacun, les bobos, les états moraux ou encore les choix cartographiques à décider. A la pinotière, au pied du premier vrai relief à grimper, l'échange entre nous est primordial. En effet, Tom l'annonce assez facilement : c'est un point de non-retour en solo. Au-delà du premier bivouac repéré hier, il ne sera plus possible de revenir tout seul. Plus précisément : le groupe s'interdit de laisser un seul individu en hors layon dans la forêt. Sécurité.

En amont de l'expédition, Tom nous avait bien précisé que le moral allait connaître des fluctuations, des hauts et des bas. Pas au même moment pour tout le monde, mais à priori nous y passerons toutes et tous lors de cette aventure. Ce moment est arrivé pour moi, puisque sur ce tour de table de la pinotière, j'annonce que je vais rentrer dès le lendemain, retour à Saül par le layon connu. C'est un aveu d'échec, sur ma capacité à encaisser la difficulté physique versus le plaisir emmagasiné. Le ratio est défavorable. Au fond de moi, je n'ai vraiment pas envie d'arrêter là, c'est idiot, mais mon cortex cingulaire ne me récompense pas assez de mes efforts. Je suis tristement battu.

Le collectif comprend, bien que probablement déçu de voir un des leurs quitter le navire. Je m'engage à gravir le dernier tronçon avec le groupe, de bivouaquer tout en haut et de redescendre le lendemain pour un retour vers la case départ. Les autres semblent toujours motivés, avec quelques doutes sur les objectifs réellement atteignables et/ou les aptitudes individuelles à tenir le rythme. Initialement, il faut savoir que le planning établi doit permettre d'alterner jour de marche et jour d'exploration (c'est-à-dire observation des alentours, faune et flore). Étant donné le retard accumulé et l'envie collective de faire l'aller-retour tous ensemble, cette organisation vole un peu en éclat : il faudra marcher tous les jours. Ce que je perçois comme un exploit à ma petite échelle.

L'ascension du « sommet », que l'on nommera plus affectueusement par la suite « sommet de bâtard », scie les jambes de l'équipe. C'est pentu, les sacs sont un réel fardeau, et le chemin semble infini. C'est un soulagement d'atteindre enfin le plat. Épuisés, il faut aller puiser dans les dernières forces pour monter son campement et aller au seul point d'eau disponible dans le coin, à environ 500 mètres dans la descente que l'on vient de monter.

La première soirée en itinérance est plutôt calme. L'absence de Léo y joue peut-être un peu. Des lucioles sont attirées par le feu et viennent se coller à nous. C'est féérique. Même si certaines d'entre elles vont au bout des choses, et se suicident maladroitement dans le brasier. Je m'endors dans mon hamac tandis que le vent se lève. Un arbre tombe au loin avec fracas. J'ai à peine la force de cogiter sur la suite des événements. La nuit porte conseil, mais j'imagine qu'il est nécessaire d'avoir un minimum de batterie.

Une jolie lumière accompagne notre réveil et notre petit-déjeuner. Mon dos accuse le coup et les pieds sont bien meurtris, mais le moral est bon. La nuit a réussi son travail de nettoyage cérébral et j'ai pris ma décision : oui, je vais continuer avec le groupe. Cette préparation pour en arriver là et abandonner dès le début des premières difficultés, c'est petit sexe. Hors de question. Et l'envie de vivre l'expédition avec le groupe, que l'on parvienne à Matécho ou pas, n'est pas tarie. Au contraire. C'est donc l'annonce matinale que je partage avec mes co-galériens : « se queda ».

La journée s'annonce difficile. Sur la carte, la distance nous séparant de l'Arataï, la rivière que nous souhaitons suivre une bonne partie du chemin, paraît importante. Rejoindre un point d'eau reste cependant primordial, il n'y a pas d'autres choix que d'avaler ce parcours. Et puisque l'on aime bien se faciliter la tâche, nous allons faire deux erreurs : l'une au départ, avec un retour sur nos pas qui n'est jamais très bon pour le moral du groupe, et l'une en toute fin de trajet. Résultat : la troupe est bien claquée. L'endroit paraît inondable puisqu'assez gras. Le tour de table du soir est un bras de fer entre la volonté de faire un day-off le lendemain ou une journée de marche. C'est cette dernière option qui est privilégiée, il faut avancer pour préserver nos chances d'atteindre le pic, et le lac, Matécho. Et puis surtout, l'endroit n'est vraiment pas fou pour chiller. On trouvera bien un meilleur spot le lendemain. Cette nuit-là, nous entendons beaucoup de bruit, notamment d'amphibiens. En revenant de son bain nocturne, Adrien réalise la prouesse de ne pas retrouver son hamac. Moment rigolo.

J10. Au réveil, les panards aboient de misère. Ils commencent à accuser le coup, et remettre ses chaussettes et chaussures trempées est un petit calvaire bien inappréciable. C'est une petite journée de marche. L'InReach parvient à nous perdre. Pour être honnête, c'est évidemment son utilisation par notre amateurisme qui nous plombe notre orientation. De nouveau un demi-tour pour chauffer les guiboles. On se retrouve sur un flat plutôt agréablement praticable. Le rythme est donc plus rapide et cette sensation de grapiller des mètres plus efficacement redonne un peu de baume au cœur. En début d'après-midi, nous atteignons un point proche de la confluence A6. Tom, en préparant la cartographie, a nommé les points où l'Arataï croise ses affluents. Ce sont souvent des lieux de bivouac idéaux avec une proximité aquatique vitale et un accès à des coins de baignade plus appropriés que le cours principal.

HYGIÈNE
0,450 kg

Brosse à dents	**x1**	*20 g*
Dentifrice	**x1**	*60 g*
Savon de Marseille	**x2**	*100 g*
Serviette de toilette ultralégère	**x1**	*50 g*
Gant de toilette	**x1**	*50 g*
Rouleau de PQ	**x1**	*150 g*
Coupe-ongles	**x1**	*20 g*

Le spot est top. Tom reconnaît l'endroit et semble ému. Des restes de rubalises témoignent d'un squat passé. Le sien ou celui d'un autre, peu importe. Un espace central pour accueillir le feu, cerclé de palmiers à grandes feuilles et d'emplacements pour les hamacs. L'accès à la rivière est à quelques mètres, une eau claire et peu profonde, sur le bras de l'affluent. Un peu plus loin vers l'Arataï, Nico va pêcher son premier aïmara, *Hoplias aimara*, en solo. On ressent la fierté qu'il a de nous ramener ce joli spécimen, et ça permet d'agrémenter notre plâtrée de pâtes. Cerise sur le gâteau, on y rajoute une petite sauce bolognaise. Repas de chef. Le temps d'observer des traces de tapir, de se rendre compte qu'il n'a pas plu depuis quasiment 6 jours, et les aventuriers low-cost s'en vont dans les dortoirs pour y passer un nouvel épisode nocturne.

Cette journée de fausse pause nous a tout de même redonné de l'énergie pour la suite. Les pieds ne sont pas guéris, l'étalement de bétadine est dorénavant quasiment généralisé, car il faudrait s'arrêter quelques jours consécutifs pour les sécher avec succès. Mais ce petit paradis éphémère requinque la tête. On enquille une journée de marche très diversifiée, alternant flat, marécage, forêt et crête moins végétalisée. Le groupe trouve son rythme et ses différents rôles : Manu, Tom, Adrien sont souvent à la machette en tête de file, Victor et Nico se chamaillent à l'orientation, et personnellement je suis la plupart du temps en queue de peloton. Je rubalise lorsque les passages sont peu évidents à repérer, en virages ou bien à la traversée d'un cours d'eau ou marécage. Le reste des marcheurs s'appliquent à layonner, c'est-à-dire casser quelques branches et feuillages pour créer un sentier visible. Ce sera précieux pour le retour afin d'avaler des kilomètres en peu de temps. C'est une pratique qui me repoussait au début car c'est une impression de briser les plantations gratuitement, même si celles-ci sont hyper présentes. Mais nous retrouvons parfois quelques anciennes traces de layon, et la végétation a bel et bien repris ses droits. C'est une sorte de taille primaire mais non destructrice. On se rassure comme on peut.

Victor a une idée lumineuse aujourd'hui. Il entame un jeûne de parole. Le principe ? Aucun son ne sort de sa bouche. Pratique. Je considère l'exercice intéressant mais légèrement inapproprié dans un contexte où il est censé communiquer sur des choix d'orientation. On en rigole, le bougre tient bon. Jolie prouesse de pugnacité.

La confluence A9 est notre objectif. On échoue. Nous ne sommes à priori pas très loin, mais physiquement à bout. Et l'heure est avancée. Il faut savoir s'arrêter lorsque la luminosité est encore bonne, afin de monter correctement le camp, se laver et commencer le feu. Ensuite, les frontales deviennent nos phares. C'est le premier camp où l'on déploie nos hamacs de secours pour les positionner autour du feu. Ainsi, nous mangeons en hauteur, plus confortablement. Le revers de la médaille : une fois installé dans votre perchoir, il est tentant de se laisser bercer et d'attendre les cuisiniers et serveurs vous apporter le repas du jour.

Ce soir-là, nous allons vivre une expérience très originale. En fin de repas, alors que les discussions vont bon train, des fourmis commencent à s'inviter à notre dîner. Jusque là, rien d'extraordinaire. Mais leur présence va s'avérer de plus en plus envahissante. Deux espèces de fourmis semblent se retrouver sur notre lieu de repas pour en découdre. Des plus petites et des plus grosses. C'est impressionnant. Une vraie guérilla. Les araignées présentes sur le champ de bataille sont prises à partie et littéralement abattues en quelques secondes. Certaines tentent de fuir en se suicidant dans le feu. Les fourmis colonisent le territoire, grimpent aux arbres et retombent des hauteurs. Nous observons le théâtre avec admiration et effroi. Ce n'est même pas les restes de l'aïmara péché par Nico un peu plus tôt dans la soirée qui ont attiré l'armada, c'est à priori une vraie guerre de clans. Une fourmilière orpheline qui veut en chasser une autre ? Nous élaborons quelques scenarii, sans réelle réponse. En retournant à nos hamacs, Tom, le plus près de la zone de repas, subi quelques attaques bien placées. L'invasion prend fin aussi subitement qu'elle est apparue, et la nuit redevient calme.

PHARMACIE
0,730 kg

Poudre antifongique (pieds)	**x1**	*80 g*
	x1	*100 g*
Tire-tiques	**x1**	*10 g*
Doses sérum physiologique 5ml	**x4**	*30 g*
Compresses	**x10**	*200 g*
Bande	**x1**	*50 g*
Plaquette stéri-strip	**x1**	*10 g*
Tube de Bétadine	**x1**	*200 g*
Pansements divers	**x1**	*50 g*

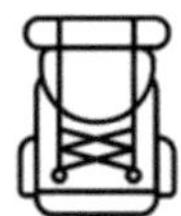

DIVERS
1,270 kg

Téléphone portable	**x1**	*180 g*
Sac étanche 20 L	**x2**	*40 g*
Épingle à linge	**x2**	*10 g*
Allume-feu	**x8**	*80 g*
Carnet + stylo	**x1**	*120 g*
Carte ID + vaccinations	**x1**	*20 g*
Tupperware	**x1**	*150 g*
Couverts	**x1**	*40 g*
Briquet	**x1**	*40 g*
Harmonica	**x1**	*170 g*
Panneaux solaires	**x1**	*300 g*
Câbles/Chargeur	**x1**	*120 g*

J12. Notre objectif du jour est assez clair : aller le plus loin possible. L'avantage d'une telle mission, c'est qu'elle n'est pas mesurable, et l'on pourra se satisfaire d'à peu près n'importe quoi. Nico accuse un peu le coup moralement, notamment sur l'utilisation de l'InReach. Les torts sont partagés : il a souhaité initialement se saisir de l'orientation via cet appareil, avec peut-être une méconnaissance sur son maniement optimal. Et nous, en face, perdons, au fil de la marche, notre indulgence, inversement proportionnelle à notre capacité de patience. Quoiqu'il en soit, à partir de maintenant, Victor est en binôme sur ce sujet d'orientation. C'est probablement le meilleur profil adapté à celui de Nico. Inch'Allah qu'il va y avoir tout de même des étincelles.

D'ailleurs, cela ne va pas empêcher de se tromper sur cette journée de marche, mais du coup l'erreur devient la norme et n'est donc plus une erreur. Dédicace à JVCD. Nous trouvons un camp de bivouac vraiment pas terrible, assez peu spacieux avec un accès pénible à la rivière. Ce camp sera nommé « Pieds pourris », quasiment l'ensemble de l'équipe étant dorénavant en proie à des irritations/infections plantaires. Yvan est celui qui s'en sort le mieux pour le moment.

En m'installant, je tombe sur mon premier *Membracidae*. Coup de foudre. Les *Membracidae* sont une famille d'insectes de l'ordre des hémiptères. Ce sont de petites punaises sautillantes, suceuses de sève des forêts tropicales, caractérisées par un appendice dorsal cornu situé au niveau du thorax, qui peut prendre des formes extrêmement variées et parfois spectaculaires. Oui, vous venez de lire un passage pompé directement sur Wikipédia, mais qui sait, je suis peut-être l'auteur de l'article originel. Ou pas. Ces animaux sont en tout cas une révélation pour moi : comment la nature a pu se tordre de créativité au point de proposer une diversité de formes aussi originales que fantaisistes. Dommage, il n'y a que quatre espèces « disponibles » en Europe, le terrain de jeu après la Guyane sera donc bien restreint.

Qui dit « Pieds pourris » dit souhait collectif de freiner l'effort pour un semblant de réparation des panards. C'est ce qui est donc décidé le lendemain, où l'objectif premier est de trouver un meilleur camp que celui-ci, afin de chiller, se sécher et reprendre de l'énergie. Bingo, nous croisons A11, soit la 11ème confluence de l'Arataï. Lieu optimal pour un camp. Adrien marche sur un serpent qu'il n'avait pas vu : sonné le reptile, mais pas KO, il repart sans encombre en nous laissant le temps de l'observer à bonne distance. C'est un *Bothrops brazili (Grage orangé)*. Il n'est pas réellement impressionnant, mais à priori potentiellement très dangereux. Relativement rare à l'observation, c'est donc une chance.

On installe nos bivouacs, dans la bonne humeur. Nous allons pouvoir prendre un peu de repos. Je lance une idée : un Poker Rations. Sur les mêmes règles que le célèbre jeu de cartes, on va miser de l'alimentaire au lieu d'argent, que de toute manière nous n'avons pas. Et qui ne nous servirait à rien dans l'immédiat. La partie commence doucement : on joue des dosettes de café, des bâtonnets de sucre, ou quelques graines dont on commence à saturer. Sourires et joie. Mais rapidement, les mises s'emballent, et l'on envoie de la ration journalière : pois cassés, gâteaux au chocolat, boîte de sardines... Si Erwan s'en sort bien, c'est que d'autres sont en souffrance. Ça se crispe autour du sol terreux, notre table de jeu. La conclusion finale, vous vous en doutez : un all-in d'une semaine complète de rations, qui termine le jeu. Le déséquilibre est tel que l'on décide, bien normalement, de redistribuer les mises pour s'évier un casse-tête sur les plats collectifs. Et tout simplement aussi, parce-que la bouffe, c'est sacré. Pas touche frérot.

Le soir, le feu est idéalement placé. Nous avons une vision ouverte de quasiment 100 mètres de distance et, cerise sur le gâteau, une petite lucarne sur le ciel étoilé. C'est ici, personnellement, ma plus grande frustration : ne pas avoir pu, au cours de cette expédition, profiter de la voûte céleste guyanaise. La faute évidemment à une végétation omniprésente, à ce toit arboré qui nous cache du soleil et de la lune. Réellement dommage, la pollution lumineuse étant évidemment nulle. Et les constellations proposées sont inconnues pour moi : le Centaure ou le Toucan, en passant par la célèbre Croix du Sud. L'unique moment où je vais vraiment pouvoir profiter de ces conditions exceptionnelles sera lors de notre retour et de notre nuit passée à Saül. Nuit sans lune, magnifique ! Une densité d'astres visibles impressionnante. Juste avant ce départ en Guyane, j'ai passé une semaine en stage d'astronomie dans les Pyrénées, près du Pic du Midi. La transition aurait été top ! Tant pis, je vais observer mon plat de lentilles avec un peu d'imagination.

Plutôt reposés, on traîne un peu ce soir. Manu joue le conteur, tantôt paranormal, tantôt histoire vraie qui fait froid dans le dos. La bétadine est de sortie et l'on se sèche les pieds au possible. Au retour dans nos hamacs, nous faisons la rencontre d'un très beau scorpion qui se balade au milieu de nos pieds, parfois nus. Gros corps, petites pinces. La dangerosité d'un scorpion se voit, à priori, à la taille de ses pédipalpes. Plus ils sont petits, plus le venin est puissant, les pinces n'étant pas d'une grande utilité. Un peu contre-intuitif, mais parfaitement clair. Le sommeil sera lourd, ce qui n'empêchera pas d'entendre le passage d'un gros animal à proximité du tarp, sans en connaître son identité.

VIVRES INDIVIDUELLES

PETIT DÉJEUNER 4,163 kg

Céréales	x23	2300 g
Chocolat en poudre	x23	690 g
Lait en poudre	x23	920 g
Dosettes de café	x46	184 g
Sachets de thé	x23	69 g

ENCAS JOURNÉE DE MARCHE 2,380 kg

Barres de céréales	x17	1530 g
50g Fruits secs et noix	x17	850 g

COMPLÉMENT EXTRA 2,435 kg

Cacahuètes & amandes	x11	1375 g
Boîtes sardines	x4	560 g
Gâteaux	x5	500 g

REPAS CHAUD SOIR 3,600 kg

Lentilles	x5	600 g
Pois cassés	x5	600 g
Riz	x5	600 g
Coquillettes	x5	600 g
Semoule	x5	600 g
Lyophilisé au choix	x5	600 g

J14. On a la vague impression que l'on se rapproche du but. Sur la carte, il reste du chemin mais l'objectif nous semble moins inatteignable qu'au tout début du parcours. Qu'il semble loin ce « sommet de bâtard » ! Pour autant, la distance à avaler reste conséquente. Les débats autour de l'orientation sont toujours tendus et une partie du groupe, dont moi, est résignée à ne pas intervenir lors des choix à prendre. Un peu facile, mais sur le sujet, on tombe facilement à un avis différent par personne. Il faut juste ne pas râler si l'on se perd pour la énième fois.

Grosse journée de marche avec un rythme soutenu. L'intermittence de montées et descentes se fait plutôt bien. Une averse, devenue ces quelques jours assez rare pour être soulignée, nous rafraîchit la sueur. On récupère d'anciennes traces de layon, à priori celui de 2008 ? Petits arbustes cassés, ayant repris leur croissance, témoignent d'un passage humain passé. C'est plutôt bon signe !

En fond de vallée, au passage compliqué d'un flat, nous allons tomber sur un joli spectacle : un nid de guêpes, du genre *Apoica*. De couleur orangée, elles entourent le nid en forme de boule, notamment pour en préserver la température. Elles ne semblent pas calculer notre présence. A lire la littérature, c'est la nuit qu'elles sont actives et partent chasser. Après quelques recherches préliminaires rapides, je ne retrouve pas d'équivalent de cette espèce : soit davantage jaunes, soit plus fines. A confirmer !

En fin de journée, nos Garmin humains prennent la décision de sortir légèrement de ce layon pour bifurquer vers le lac, plutôt que le pic Matécho. Pourquoi pas. L'idée étant de rejoindre un bras de rivière. Mais le terrain se complique sévèrement, avec une descente abrupte vers un départ de source très escarpé. L'équipe commence à accuser le coup, d'autant que la pénombre pointe le bout de son nez et que les lieux ne sont pas vraiment accueillants pour un bivouac. C'est pentu et végétalisé.

On entend Manu crier. Il est parti en explo à quelques dizaines de mètres devant nous, et nous ne le voyons pas. Il annonce qu'il s'est blessé à la machette. Tom avait prédit avant le voyage que c'était l'accident le plus probable, bien au-delà des chimériques morsures de serpents ou des attaques fantasmées de scorpions. Il s'avère que la blessure au poignet de Manu n'est pas si pire, et la pharmacie collective efficace. C'est tout de même un signal d'alarme sur notre état de fatigue et l'importance de rester vigilant sur nos gestes. Moi je dis ça, je risque pas de me blesser avec mon rouleau de rubalise.

La nuit tombant, l'on décide de s'arrêter sur un faux-plat qui fera l'affaire pour cette nuit. Un accès à un étroit torrent offre le minimum nécessaire pour l'eau potable et le lavage. L'endroit est très humide, l'allumage du feu est une vraie mission. Mais quand la bouffe est en jeu, le collectif parvient toujours à ses fins. En théorie, sur le papier, nous sommes à 300 mètres du lac Matécho. La nuit est fraîche et humide.

Sur le planning, nous sommes plutôt bien. La journée d'hier a permis de bien crapahuter. Au réveil, un tour de table permet d'acter l'organisation suivante : Tom et Yvan partent en exploreurs trouver le lac, et le reste de l'équipe se repose au camp, même si ce dernier n'est pas des plus confortables. J'en profite pour m'échapper avec mes jumelles vers une ouverture sur la forêt. Exercice que l'on ne prend pas assez le temps de faire et qui révèle pourtant une faune très riche. En 30 minutes, j'aperçois un *Écureuil de Guyane*, un *Tretioscinque* agile (superbe lézard jaune et bleu) et une tête furtive d'une sorte d'iguane que je ne parviens pas à identifier.

Tom et Yvan reviennent vers 14h pour partager un plat de lentilles. Ils ont trouvé le lac ! Et ont pu layonner jusqu'à lui. Top, c'est-à-dire que le lendemain nous irons tous ensemble découvrir enfin l'objet principal de notre expédition. Pour fêter ça, on s'enquille une petite belote. Folle ambiance hein ? Des singes-araignées s'approchent de notre bivouac en fin d'après-midi. Ils semblent excités. Tom nous explique qu'ils peuvent, pour nous faire fuir, faire tomber des branches, nous lancer leurs excréments voire nous uriner dessus. Joli programme. Quelques branches craquent effectivement et tombent au sol avec fracas. On en rigole un peu. Tom, en sa qualité de chaînon manquant, s'essaie à quelques cris d'imitation. Étonnement et énervement chez les singes. L'idée qu'ils arrivent au-dessus du camp n'enchante pas non plus nos têtes tournées vers le ciel. C'est ce dernier qui va mettre fin à la rencontre. Un orage aussi soudain que brutal s'enclenche et nous envoie directement sous la bâche de feu. Les primates rebroussent chemin et nous entamons la cuisson des pâtes bolognaises serrés comme des sardines, inhumant la fumée à pleines narines. Ce soir, pas de cercle autour du feu, nous mangerons chacun dans nos hamacs, à l'abri. Il pleut une bonne partie de la nuit.

J16. Il est là. Il existe. Le lac Matécho. En 30 minutes de notre camp, on y parvient sans grande difficulté, alléger de notre bivouac resté en place. Le lac a la forme d'un croissant, d'environ 600 mètres de périmètre. Il est entouré d'une large végétation. Le cadre est intact, on se croit projeter des milliers d'années en arrière. Comme des airs de Jurassique, de Crétacé ou de Trias. Le temps s'est arrêté. On imagine très bien voir débarquer un Brachiosaure sur les berges qui nous font face. L'eau est stagnante et énigmatique. Que réservent ces profondeurs ? Probablement rien de très original. Ou peut-être une espèce inconnue. Il faut savoir que si le pic Matécho a connu une expédition scientifique il y'a une quinzaine d'années, à priori le lac n'a jamais vraiment été étudié.

Dans nos bagages, nous avions pris un petit bateau gonflable et deux rames. Ainsi, à tour de rôle, Tom, Audrey et Victor se laissent naviguer sur la paisible étendue d'eau. Nous formons deux équipes pour réaliser un tracé GPS autour de cette excroissance aquatique. Chacune part dans un sens opposé. Nous retrouvons d'anciennes traces d'un layon de Tamanoir. Tamanoir c'est le surnom de l'un des co-expéditeurs de 2008, lors de la virée de Tom en Guyane. Avec Manu, on se prend une petite dose de mouches à feu. Normal. Les abords sont assez marécageux mais restent malgré tout praticables. Peu de faune particulière : *martinets* qui volent en bande au-dessus du lac, un *Tyran quiquivi* posé sur un arbre mort.

Le fameux lac Matécho

Tom semble très satisfait de nous voir tous ici. C'est pour lui une partie de la réussite de cette expédition. Lui-même avouera qu'il n'était pas certain que l'on parvienne jusque-là, tous ensemble, et c'est donc une belle victoire. On immortalise le moment avec un selfie de groupe devant le lac. Avant de repartir, on se prend un bain de soleil grâce à cette ouverture naturelle. On en oubliait la couleur du ciel. Ce bleu est magnifique.

Le soir, au camp, c'est évidemment la fiesta. Quand je dis fiesta, c'est deux/trois shots de rhum et un tour de table sur notre satisfecit d'être arrivé jusqu'ici. L'atteinte du Pic Matécho est à portée de pieds. Une bonne marche d'un dénivelé corsé nous attend demain, mais les sacs sont déjà plus légers, au fur et à mesure de notre consommation alimentaire, et le mental est requinqué. Seuls les pieds font grève.

Objectif Pic. Nous levons le camp assez tard, aux alentours de 9h20, alors que nous sommes levés depuis deux bonnes heures. Une habitude. Montées difficiles, les jambes sont lourdes. C'est quasiment la première fois que je me mets à la machette en tête de cortège.

En milieu d'après-midi, nous atteignons le bras de rivière recherché : un lit d'un petit torrent sur de la roche. C'est beau, même si la profondeur de cette veine aquatique n'est pas hyper propice à la baignade. On monte un camp coupé en deux, de chaque côté de la rivière. A quelques mètres en contrebas, cette dernière se jette plus violemment, en semi-cascade. On ressent l'altitude que l'on a pris, et la fraîcheur de la nuitée nous le rappellera. Mais le lieu de bivouac est plutôt vraiment sympa, bien que le gros orage au milieu des pâtes bolognaises nous envoie manger dans nos hamacs de très bonne heure. Orages nocturnes jusqu'au petit matin. Mon hamac mal tendu écope de quelques lampées de pluie, toujours agréable... overdose d'humidité.

Le réveil est frais. L'environnement est très humide, il a beaucoup plu et la forêt s'est emprise d'un voile brumeux maintenant une atmosphère suintante.

Tom nous explique que, théoriquement non loin de là, une drop zone a accueilli des scientifiques il y'a une quinzaine d'années. Ce groupe de chercheurs avait pour objectif d'étudier la zone du Pic Matécho sur des aspects naturalistes. Héliportés directement sur place. Potentiellement donc, il y'a des rations à retrouver, des bouteilles de gaz ou autre petit matériel laissé sur place. On s'aventure, Tom, Nico, Manu et moi, à explorer les alentours, sans indication précise de la localisation exacte de cette drop zone. En 15 ans, la végétation a repris ses droits mais on imagine tomber sur un secteur légèrement plus faible en végétation.

Ce qu'on trouve surtout, ce sont de nombreux chablis. C'est assez peu simple de s'y mouvoir. On se dispatche. Dans notre imaginaire, chaque recoin semble potentiellement avoir hébergé une mission scientifique. Aucun élément ne corroborera ces fausses intuitions. Et puis, au fond, on ne sait pas vraiment ce qu'on recherche. C'est donc pas facile à trouver. On abandonne à mi-journée pour retourner au camp manger du riz, ce bon vieil ami consolidateur de colombins.

Après ce festin, on file collectivement vers le pic Matécho. Il est rapidement atteint ! Nous étions tout près. Un peu d'émotion. Ou pas. On imagine que la vue est splendide mais tout est bouché d'arbres et de végétations. Nous essayons de débusquer l'ouverture qui permettrait de profiter de l'horizon et de cette altitude : 550 mètres. Ce n'est pas énorme, mais il faut comparer à l'environnant. De rares trous dans le mur vert nous permettent d'entrevoir la beauté paysagère. On s'en contentera.

Tout en haut du pic Matécho, un arbre est gravé de 3 lettres, suivies d'une date : 1998. On laisse une rubalise avec nos noms. Cet acte fait moyennement l'unanimité sur son intérêt, mais le bout de plastique est accroché au tronc et restera ici certainement quelques temps. Pour le reste, ce passage au sommet ne retient pas notre émerveillement plus que ça, en tout cas pour ma part, bien moins que la découverte du lac qui dénotait réellement avec le décor jusqu'ici observé.

L'ambiance générale est plutôt teintée d'une volonté de retour rapide vers Saül. Si, à l'origine, le planning permettait un retour en deux groupes, phasé notamment avec les dates de retour en avion, il est dorénavant acté depuis plusieurs jours que nous rentrerons tous d'un seul et même bloc. Nous ne trainons pas sur le pic et nous retournons au camp pour déguster de braves lentilles, heureuses de sortir de leurs sachets de confinement. Orages identiques à la veille, le repas se fera allongé sous les tarps. Yvan, mon voisin de nuitée, envoie une musique métal un peu chelou, poursuit sur du SKA-P et termine en Bob Dylan. Eclectique notre ami de Chemillé.

J19. C'est donc le début du retour. On plie les gaules. Le chemin s'annonce beaucoup plus rapide évidemment, et normalement moins éprouvant. Si l'on a bien layonné, on doit pouvoir s'arrêter à, au moins, un camp sur deux, et rentrer en 5/6 jours. Qui plus est, nos sacs sont plus légers, ou pour être plus précis, moins lourds. Et nos épaules sont rôdées à l'exercice.

Bref, nous repartons du bivouac pic Matécho. Le rythme de marche est plus rapide, l'orientation et les coups de machette n'étant plus vraiment nécessaires. Sauf que, prouesse, nous arrivons tout de même à nous tromper légèrement. Cela reste du domaine du couac.

A la pause déj', des singes-araignées essaient de nous intimider, bien perchés dans les hauteurs des arbres. C'est assez impressionnant. En secouant les branches, ils font tomber des morceaux de bois qu'il serait bien dommage de se prendre en pleine ganache. L'un des individus se met même à uriner en notre direction (un peu prétentieux, il n'atteindra personne). On ne traîne pas trop, et on poursuit notre route. Ils ne nous suivent pas et se satisfont de notre départ de leur territoire.

On rejoint le camp « terrasse », celui à la vue dégagée. On a tenté de donner des noms aux camps pour les identifier, mais le *naming* est loin d'être fou. Il rappelle juste une anecdote ou une spécificité du coin. Il aurait très bien pu s'appeler le camp « scorpion » ou « poker ».

On le traverse à toute vitesse, en décidant de rejoindre le camp « pieds pourris ». Entretemps, et les pluies subies lors des dernières nuits, l'eau est montée et redescendue. L'emplacement a donc un peu changé et inspire moins confiance quant à de possibles inondations nocturnes. Déjà que ce bivouac n'était pas terrible, il en devient incommodant. Mais tant pis, nous montons tout de même le duo dorénavant habituel hamac/tarp.

Quelques tensions sont palpables. Il y a de la fatigue, des pieds douloureux. L'atmosphère s'électrise un peu. Si tout se passe bien, nous dormons demain au camp « Ti punch », le meilleur bivouac, à mon sens, déniché sur le chemin aller. Là où Tom a reconnu son passage lors de sa précédente excursion.

C'est le vingtième jour dans la jungle guyanaise. Le temps est bon, la troupe est levée et opérationnelle de bonne heure. On ressent que, globalement, tout le monde est plutôt pressé de rentrer. Les pas sont robotisés. Quelques pointes d'humour, toujours, mais des discussions un peu moins longues trahissant une fatigue générale. Le layon bien tracé permet une avance rapide et efficace. Pour autant, une énième erreur de parcours nous fait rater le camp « tarp Adrien », baptisé ainsi en rappel à l'exploit GPS nocturne de notre gueulard préféré. C'était le camp juste après « sommet de bâtards ». Aussi, notre début d'ascension nous fait comprendre que l'on file déjà vers les hauteurs, mais que, la nuit tombant, nous ferions mieux de redescendre d'abord vers la rivière pour notre halte du sommeil. C'est donc près du cours d'eau que nous poserons un nouveau camp. L'humidité refait son apparition, le feu est coriace à allumer. Un caïman nous surveille sur la berge d'en face.

Pour le plan du lendemain, c'est le camp « forestier » qui tient la corde. Certains souhaitent un arrêt par le camp « sommet de bâtard », pour prendre le temps de jeter un œil au paysage de savane-roche, normalement non loin de ce bivouac. Mais la tendance est à retrouver au plus vite le sentier connu de Saül. Gros coup de collier en perspective donc. C'est parti pour une grimpette bien galère, mais le chemin est bien balisé. A 13h30, nous sommes déjà au sommet. Tout le monde s'accorde pour filer à Forestier, le timing étant bon. Superbe spectacle non loin du layon de Saül-Saut Maïs : une *guêpe pepsis* combat une mygale. C'est l'une des plus grosses guêpes au monde et sa piqûre est réputée la deuxième plus douloureuse sur notre planète. Son dard avoisine les 7 millimètres. Elle s'attaque notamment aux mygales pour y pondre ses œufs, en bon parasitoïde qu'elle est. Le combat que l'on observe en direct est plié d'avance : la guêpe est déjà en train de tirer l'araignée, pourtant largement plus grosse que son assaillante. La mygale est en effet amorphe et semble vaincue. Incroyable force. Nous observons la scène d'assez près étant donné que les deux protagonistes sont happés par leur duel. Il faut savoir que la guêpe pepsis est capable de s'envoler avec la mygale sur quelques mètres. Se sentant probablement repéré, notre insecte volant semble moins concentré sur sa proie et nous en profitons pour filer en douce, avant qu'une envie pressante de nous charger lui monte au cerveau. De toute manière, l'affrontement a été filmé, c'est dans la boîte.

Camp Forestier. Un air très familier pour cet endroit nous ayant accueillis quasiment 5 jours. On retrouve nos habitudes, nos lieux de bivouac, ce petit foyer qu'on imagine fumant depuis notre départ... L'orage gronde au loin, mais nous laissera finalement tranquille. Lampées de rhum autour du feu. Erwan chante à tue-tête, Nico semble bourré. Ce n'est pas l'ambiance des grands soirs mais l'atmosphère est clairement détendue et la satisfaction d'être de retour en sentier connu redonne le moral. On rêve de Point Chaud, cette petite oasis non loin de Saül, où le soleil est enfin perceptible et permet un apaisant farniente.

Ambiance de fin de vacances. Le camp est démonté, et l'on file vers Point Chaud où l'on peut se délecter de l'endroit : sieste, baignade, petit pique-nique avec un couple de la métropole dont le souhait est de s'installer ici pour ouvrir des hébergements atypiques. Retour à la réalité. Cette rencontre avec de nouveaux individus autres que la joyeuse troupe de 9 marque le come back à la civilisation et la fin de notre isolement forestier. Léo est de retour en début de soirée, et nous raconte son squat à Saül pendant que nous étions en ordre de marche.

Le lendemain, nous empruntons la fin du tronçon aménagé qui nous emmène tout droit sur Saül. On pose les hamacs au carbet de Lulu, un type très sympa. Le principe des carbets est simple : ce sont des lieux abrités, ouverts à la location, où l'on peut poser les hamacs. Un camping de hamacs. Nous nous lâchons sur les rhums et autres alcools incandescents, au milieu duquel un dernier tour de table scellera notre séjour dans la jungle. La soirée se termine tard, à base de karaoké et de pas de danse non-maîtrisés.

Le réveil est dur et un peu paniquant : il fait un large soleil et je ne sais pas l'heure qu'il est, sachant que mon avion décolle à 10h. Finalement le timing est pile-poil et toute l'équipe m'accompagne jusqu'au petit aéroport de Saül. Je suis le seul qui part aujourd'hui, Audrey et Erwan rentrant le lendemain. Je décolle de la piste sableuse à l'heure prévue et j'observe l'infinité de la canopée sous laquelle nous étions pendant ce mois d'août 2022. Une feuille dans un océan de verdure. Immense richesse luxuriante de nature. Non pressé de retrouver le brouhaha de Cayenne, je profite de cet immensité verdoyante une dernière fois.

Crédits Photos : Audrey Heyraud